KB216194

그리운 집이여

브릿지。

그리운 집이여,

기쁨에 넘쳐

가슴 설레며 돌아가누나

때가 되어 70년 전부터 쓰기 시작한 시들을

들여다보고 있으니, 베르디의 교향곡 '그리운 집의 노래'가

나도 모르게 가슴 속에서 흘러나왔다.

사실 나는 그동안 시집을 내면서도

한 번도 다 읽어본 적이 없다.

시쓰는 내가 시인인 줄 몰랐다.

그러나 이번에 알았다.

내가 시를 쓰지 않았다면 나는 살 수 없었다는 것을.

무슨 말을 자꾸 하랴.

나를 사랑한 분들에게 좋은 시 못 쓴 것이 미안할 뿐이다.

2024년 5월 이문길

차례

1981 허생의 살구나무

1983 내 잠이 아무리 깊기로 서니

1988 불 끄는 산

1990 보리 곡식 걷을 때의 슬픔

1992 주인 없는 산

1997 무당벌레

2000 헌다리

2010 오목눈이 고향

2011 꿈도 꾸지 마라

2013 눈물선

2015 하늘과 허수아비

2018 떠리미

2021 헛간

2023 석남사 도토리

2024 초가삼간 오막살이

1981 허생의 살구나무

근친

마루 끝에 어린애를 데리고 앉아
밥을 퍼먹고 있는 누이를 보고
문득 끝없이 너른 들을 가는
화차가 생각키우는 것은 웬일인가

달

'앉아서 달을 보니 이번 달은 편할런지'

반티 장사하는 아내의 주름진 눈
오늘 편해 보인다

외딴집 작은 창밖 소나무 숲 위에
가을 하늘이 다시 열려
원망스러운 듯 초저녁달이 높이 떠간다

가을

밤중에 벌레 한 마리가
내 머리 위에 올라앉았다가
배 위로 건너뛰어서
다리 아래로 기어갔다

나뭇등걸인 줄 알고
제 멋대로 건너갔지만
나는 한 달음에 잠이 다 깨어
누워있으니
서글픈 마음뿐이다

하기야 산비탈 깎고
돌밭을 헤치고
오두막을 짓고 과수 묘목을 심었으니
산 지네나 왕거미와 함께
사는 것이 옳다

어두움 속에서도 한밤중
사방이 가을
죽은 듯 잤으니

만약 그것이 내 배 위에서 울기나 했더라면
나는 정말 나뭇등걸처럼 누워
그 울음이 끝날 때까지
같이 울었을 것이다

꽃바구니

이름 모를 뫼 앞에 놓인
꽃바구니 하나

꽃은 흔적 없고
대나무 손잡이 썩어
산 풀 속에 묻혀 있네

옷 벗어 뫼 덮고
엎디어 울던 님아
어디 가고 해만 허공에
높이 떠 지나가네

오고가는 사람 하나 없는
외진 산골짝

누가 두고 갔나
꽃바구니 산 풀에 묻혀
쓰르라미 집이 되었네

빈촌

봄보리를 뿌리기 전
기적이 섧게 우는 빈촌
사나흘 굶은 바람이 분다
어디선지 빈 깡통 두드리는 소리

떫은 곶감을 깨물던
이가 꺼머면 아이 서넛이
기울어진 지붕 밑에 앉아 있고
등 너머로 모질게 황진이 일어간다

때 묻은 바락크 나무 방문 안에는
고달픈 인적
죽은 듯 아이가 잠자고

청석 비탈에 포푸라 그림자
종일 희게 누워있다

밤 술 한잔

한밤중 식구들이 잠든 한밤중 어쩌다
잠이 깨어
혼자 남은 술 한잔을 한다

아이들을 타넘고 방문을 조심스레 열고
부엌에서 아내의 기척에 귀를 기울인다

어두운 부엌 아궁이 부삽과 연탄집게가
가지런히 놓여있고
미안한 아내의 살림살이들이 부엌에 다 있다

먹다 남은 김치와 사기대접 하나와 젓가락
하나를 가져와 혼자 하는 밤 술 한잔

한번 방문이 덜컹이는 소리도 하늘 문이 울리는 소리고
적막한 바깥은 천공이 열려
별들이 다 나와 숲 위에 흰 얼굴을 내밀고 있다

1983 내 잠이 아무리 깊기로 서니

산

꾀 안 부리고 일 잘한다고
벙어리 혼자 산골 묵정밭을 종일 매게 했더니
해거름 논둑길에 날 만나 반갑다고
아바바 아바바

황토 묻은 이마에 지는 붉은 해그늘
여윈 등허리 빈 지게에 진달래 한 묶음
묶여 있다

이 벙어리에게 하루 동안 지나간
골짝 바람 소리나 귀먹은 바위나
바위 밑 산두꺼비 우는 소리나
아니면 산이 벗해주지 않아서 돌아온다는 얘긴지
산을 돌아보고 나를 돌아보고
아바바 아바바

그가 논둑길을 따라
마을로 사라지는 것을 보며

나는 문득 내 소원을 그에게 말 못 하고 만 것을
평생 후회하며 살지 않을까 걱정이 되었다

어둡구나

세월 지나가는 들판에
개구리 울음소리 가득하구나

오늘도 저녁 산이 어두워진 다음
들이 어두워지고
풋것들이 어두워지고 4월이 어둡구나

먼 도회지에 점점 불들이 켜이고
차들도 불을 켜고 다니더니
밤이 깊어지자 점점 불들이 꺼지는구나

세월이 잘도 가는구나

썰물 소리 들리는 하늘에
별들이 가득하구나

우물

우물 속에 드리워 둔
김치 항아리 뚜껑을 아이들이 빠뜨려서
어두운 우물 속을 더듬어 내려가니
거기 내 얼굴이 장님되어 있었구나

장독가에 심은 벗나무가 저 혼자 커 갔듯
내가 판 이 우물 속에도 바람이 흘러갔구나

한 번도 마른 일 없는 샘 속에서
치어다 보는 하늘에
걱정스레 내려다보고 있는
동그란 얼굴의 아이가 셋

꿈이던가
그날 밤 손이랑 발이랑 등허리에
파란 이끼가 돋고
돌이 빠지고 우물이 허물어져 울었다

나의 가을

마흔 넘어와 있는 나의 들 가을을
오늘은 어머니하고 둘이서 보고 있다

이제 저 곡식들을 거두고 난 뒤의 들을
어떻게 할 것인가
나는 걱정하고 어머니는 나를 걱정하신다

내 어릴 적보다 더 넓어지지 않는 옛 땅에 둘이 서서
나는 지금은 없는 뒤안 감나무 얘기며 모과나무 향기며
그런 추억을 얘기하고 싶지만
어머니는 옛날 아버지가 심은 측백나무 울타리 속을 지나던
굴뚝새의 깃 소리를 얘기하고 싶으신지
두 눈이 희미하시다

오늘 추수 뒤에 온 이 정적 속에 남아있는
어머니의 슬픔은 무엇인가

할 수만 있다면

어머니가 보고 있는 나의 들을 해지도록 비워두고
늦게 놀다 돌아오는 손자들의 낙엽 밟는
발자욱 소리를 기억하시도록 하고 싶다

그림

저녁 어스름 속으로
꽁지 빠진 황새가 날아가고 있었다
앞서가는 한 마리는 희고 뒤에 가는 한 마리는 검었다

허공 밑에는 산이 있었다
노루 한 마리가 서쪽으로 가며
새 가는 동쪽을 바라보고 있었다

산 아래 시골길에 아이 손을 잡고
반티를 이고 가는 여윈 여인이 하나 있었다

새, 허공, 산, 아이, 여인
어스름이라 동쪽으로 동쪽으로 걸어가도
어스름이었다
동쪽으로 동쪽으로 날아가도 어스름이었다

말뫼 못

모심기 가뭄에 못물이 마르기 시작하자
못 속에 못 볼 것 무엇이 있나 겁이 났었는데
물이 다 마르자 아무것도 없고
헌 구두짝 몇 개와 빈 깡통뿐이다

누우런 진흙 뻘에 젖어 있는
꺼먼 흙 탄 자리 몇 군데
지난여름 건너편 산 공동묘지에
이장 공고 나붙어서
못 속에서 뼛조각을 태우며
"뜨거워서 우짜노 뜨거워서 우짜노" 울던
중년 여인의 울음소리 들리는 듯하다

아이들이 빠져 죽던 꿈처럼 가득한 물
다 마르자
골짝 말뫼 못은 아무것도 없고
부는 바람 속에 수초 썩어가는 냄새뿐이다

4월

집 울타리에 개나리 라일락 몽우리가 맺고
산에서는 오리목 자귀나무 소나무 새순이 나온다

땅에서는 원추리 새순이 나오고
응달의 쇠뜨기 풀 누런 잎도 푸르러진다
나는 산을 바라보고 고함친다
"산에 사람 있거든 나오시오"

야향화 향기 속에서도
지난가을에 져간 낙엽의 냄새가 난다
해묵은 이끼의 냄새가 난다
땀 냄새도 난다

나는 커가는 산을 바라보고 고함친다
"오시오, 그리운 사람이여
나오시오, 산 풀 우거져 길 없어지기 전에"

검둥이의 눈

아내의 몸속에서 저물어가는 저녁의 소리를 듣는다
부엌에서 그릇 떨거덕거리는 소리나
수저 씻는 소리도
세상 정 떠날 수 없는 소리로 들린다

가을이 가자 얼굴에 주름이 늘고
말수가 적어지는 아내
이제 하늘의 그늘이 그에게도 내려오고 있나 보다

아내란 말은 무엇이고
남편이란 말은 무엇인가
둘 사이의 끝맺음을 어떻게 할 것인가
그것이 생각키우는 나이가 되었다

같이 있고 싶지만
좀 더 세상에 같이 있고 싶지만, 하는 말을
말 안 하고 있는 것이 아내의 모습에서 보는 듯하다

누가 억겁 후에 염소로 태어나서
풀을 뜯을 것인가
아니면 나무로 태어날 것인가
오늘 아침 부엌 가에 매여있는
검둥이의 눈이 슬퍼 보인다

겨울

햇살이 잠든 마을 빈 산허리를 지나
얼은 보리밭을 비춘다

밥 짓는 흰 연기 낮게 깔려
적막한 공동묘지를 비켜 흐른다

나도 언젠가는 산에 가서
배고플 때 있으려니

가을

능금 익고
산 풀 시들고
개울물 마르고
가느라 어수선한 산골짝 외딴집

그림처럼 서 계시는 엠마 수녀님
하얀 스카프에 앉아 쉬는
빨간 고추잠자리 한 마리

사월

하얀 능금 꽃 활짝 핀 능금나무 아래
세 살배기 딸아이 가는 대로 따라다니는
굴뚝새 한 마리

내게 아장아장 걸어와 펴 보이는 손안에
어떤 작은 풀색 산새 알 하나

굴뚝새와 딸아이와 내가
말없이 들여다보고 있는 한낮 골짝은 텅 비어
산 뻐꾸기 자꾸 우는 울음소리뿐

허나 굴뚝새 알은 이미 금 가 깨어진 것
골짝에 와서 살다 보니 죄 되었다고
내 슬픈 이야기를 굴뚝새에게 말하려 했으나
굴뚝새가 말을 들어주지 않아
목이 자꾸 메었다

달밤

저녁 먹고 한참 후 방문을 열고 밖에 나서니
가을 달빛이 온산 누리에 내려 어디서 새벽인 줄 알고
밤 닭이 목 놓아 울었다

풀 위에 자욱한 이슬에 젖으며 네 분 수녀님이 돌아가는
길에 잠자던 풀벌레 깨어 울었다

엠마 수녀님이 사방을 둘러보시며 말씀하시기를
하느님이 저렇게 큰 산을 만들고 하늘을 만들고
달을 만들어 이렇게 아름다우니 얼마나 좋으냐고
오던 길을 돌아보시는 수녀님들 얼굴이 화안했다

나는 말했다 아니지요 보기에는 이렇게 아름답지만
달빛 그늘진 산 어느 구석엔가 악마가 숨어 있어서
죽을 때는 부하를 보내어 잡아가지요

나는 달이 너무 밝아서 정말 이런 날 나의 노적을
아무에게나 나눠주고 싶었다

수녀님을 보내고 아내와 둘이서 돌아오는 산길은
다시 풀벌레 들이 자고 어디서 흐르라기 몇 마리가
흐르르 흐르르 울었다

이사

이사 간다고 벽시계를 어린아이같이 눕혀서 갔더니
시계가 잠들었다

보따리를 옮기고 장독을 옮기고
뒤안을 한 바퀴 돌아보고 벽장 속에 못 볼 것 무엇이 있나
열어보고 마루에 앉았으니
이사 간 사람이 심어놓은 석류나무와 단풍나무 뿌리 근처
에 잠자던 적막이 흘러나온다

오늘 하루 우리는 무엇을 했단 말인가
아내는 원망스러운 눈으로 나를 바라보고
아이들도 원망스러운 눈으로 나를 바라본다

마루와 방에 찍힌 신발 자욱을 지우고 밤이 되니
집구석 어느 곳에선가 바람이 일고 귀뚜라미가 운다

오늘 하루 우리는 무엇을 했단 말인가
한 방에 누워 밤새도록 불을 켠 채 눈감고 누웠으나
모두 자는 척만 하고 있다

할머니 장례

외딴 산지기 집에 빌붙어 살러 왔던
할머니 한 분
겨울 따스한 어느 날 문득 돌아가시고
하루 만에 장사를 치루었다

문밖 왕겨 거름더미에
할머니 옷가지랑 깔요랑 태우는 연기
꺼져가며 타는데

흙담 안 마당에서 그 집 아주머니
길 지나는 우리를 보고 웃는다

성철아
못 쉰 산지기 아이들 부르는 소리
적막한 집 할머니의 장례

잘 생각해 보니 골짝에
사람 하나가 없어졌다

밤눈

전등 없이 가겠어요
마을에 불이 모두 나갔나 봐요

밤도 깊고 눈이 오니 마을이 안 보이네
산지기 집도 안 보이네

아이들하고 마을까지 바래다 드릴까요
못 둑 밑에라도 바래다 드릴까요
보겟트에 귤 세 개 넣었으니 내려가며 잡수세요

우리 집이 마을에서 끝 집이니까
내 신발 자욱이 처음 나겠지
눈이 묻혀도 눈 속에 희미하게 있겠지

마른풀 위로 묵은 뫼 위로 소나무 위로
오는 눈을 맞으며 돌아다보니
아내가 켜둔 불빛이 보인다

못 둑을 돌아 개울까지 와 돌아보니
불빛도 산도 아무것도 안 보인다
아무리 집 쪽을 눈여겨봐도
언젠가는 꼭 있을 그날처럼
만 년 뒤의 옛날처럼 아무것도 안 보인다

1988 불 끄는 산

산

아버님 자주 찾아뵙지 못해
죄송합니다

해거름에 찾아와 보는
아버님 산소

두 번 절하고 성냥을 켜니
건너 큰 산골짝이 화안했다
어두워진다

산에 가면

드디어 자는 사람들 곁에 와 눕다

눈 헝겊 벗고
서로 바라본다

산이 기다리는 것은 산의 기다림이요
골짝에서 기다리는 사람의 기다림은
서로 얼마나 깊었을까

흙 구멍을 뚫어놓고
지렁이는 또 얼마나 울었을까

허덕이며 숨차하던 한밤 같은 이승이 끝나
산에 가면
산에서 기다리는 사람은 산에서 만나고
구름 속에서 기다리는 사람은
구름 속에서 만난다

일 년 사시

억새 웃음으로 가득한 산

건넛산 소나무는 자면서 서 있고

참나무는 그것을 바라보고 서 있다

해지기 전에

빨리 와예
다른 데 들리지 말고 곧장 집으로 와예

그래 빨리 갔다 올게
해지기 전에 돌아오꾸마
오두막을 떠나신 아버지

허나 해 질 녘이 되어도 안 오시는 아버지
아버지의 이웃들
밤 되고 이튿날 날이 밝아도 안 오시는 분들
십 년이 가고 이십 년이 가도 안 보이는 분들

텅 빈 하늘 해 질 녘에
다 큰 자식들을 바라보고 있으니
어디서 말하는 소리가 들리는 것 같다

빨리 갔다 와예
그래 오꾸마

그늘져 가는 산수풀 속에서도
옛날 말하던 소리가 남아있는 것 같다
해지기 전에 와예
그래 오꾸마

가을

가을밤에 별들이 숯불 피워놓고
불 사그라져가는 이야기를 서로 말하고 있을 때
검정 내리는 땅에서는 검정을 싫어하는 사람들이
밝은 불 켜놓고 한밤을 지샌다

이제 할 일을 다하고 일이 없어
숯불만 둘러앉았다고
허공 저 멀리서 하느님이 화덕을 가지러 오는 것이 보이고
어둠 깃든 땅에서는 굴뚝 후비세요
고단한 사람의 목소리가 들린다

나는 내 어릴 적에 별이
왜 달처럼 밝아지지 않는지
그 이유를 알지 못했다

눈물 닦고 보면 눈물 어리어
크게 보이다가 다시 작아지던 별
보릿짚 굴뚝 연기가 하늘로 올라가 구름 되고
구름 때문에 밤이 되던 하늘

내 어려서 일찍 홀어미 된 어머니처럼
끝내 불 안 끄고 별이 달처럼 밝아지기를
기다리다 잠든 땅에 서성이며
별들이 사그라져 가는 불을 두고 말하는
이야기를 듣는다

눈에 검정 들어간 사람은 일찍 잠이 들고
안 들어간 사람은 잠이 안 와 밖에서 서성이는
가을 밤중에

가을비 구름

멀리서 바라보니 가을비 구름이 산 아래 내려
골짝 외딴 우리 집이 안 보이게 됐지요

나는 걱정이 되어 뛰어갔지요
먼저 머리가 비에 젖고
다음에 가슴이 비에 젖었지요

그날 밤 가을비 구름 속에 밝은 불 켜놓고
아이들과 밤새 뛰고 놀았지요
나는 다음 날이 휴일이라
아내가 받아둔 밤술 한잔했지요

그날 밤은 정말 늦도록 놀다 잠들었어요
비는 밤새 오고 천정에 쥐도 안 울었어요
그러구러 세월 갔지요
오늘 퇴근길에 바라보니 옛 가을비 구름이
산 아래 내려
골짝 외딴 우리 집이 안 보이네요

이제 뛰어간다고 걱정될 것이
집에 있는 것도 아니지요
아이들은 크고 나도 늙었어요

비를 맞으며 가을비 속에 혼자 서서
반쯤 비 섞인 술잔을 들고
집을 덮어 흘러가는 구름을 바라보지요
불 꺼진 꺼먼 비구름을 바라보지요

입 이야기

시집온 지 몇 년을 채소 반틔 장사를 하는 아내가
어느 날 저녁답 머리를 감더니
화장을 했다

밥도 떠넣고 국도 떠넣고 하는
아내의 입을 보며
그날 밤 아내의 따스한 품속에서 잤다

세월이 너무 빨리 가서 나는 몰랐는데
아내의 배가 점점 불러지더니
이윽고 입이 조그마한 딸 하나를 낳았다

하나님이 딸의 입을 벌어지게 해서
내게 세월이 무엇인지 보여주었다

딸의 턱뼈가 커지며 자꾸 자라더니
어느 날인가 입에 무엇인가 발랐다
바르면 지워지는 분 냄새 속에

살려고 하는 딸아이를
한사코 말렸으나 소용없었다

그러던 어느 날 딸아이는 입을 얌전히 다물고
우리를 두고 남의 집에 시집을 가버렸다

나는 아내의 입과 딸의 입과 아이들의 입을 보며
옛날 소의 턱뼈를 무기 삼아 전쟁을 하던
중국 장사를 생각했다

할 말 없이 밤중에 혼자 일어나 앉아
말없이 입을 다물고 자는 아내의
턱뼈가 튀어나와 넓은 얼굴을 본다

땅에 찬바람 일어
아내의 저 혼자 쓸쓸한
가을도 깊었다

입추

사흘 찬 비바람 불더니
밤중 되어 바깥은 아무 소리 없다

젖은 버드나무잎 힘없이 달리고
그 아래
산도 자고 들도 잔다

귀 기울여도
풀벌레 한 마리 우는 소리 없고
허연 달 허공 중에 떨어져 소리 없다

동네 개 짖는 소리 없고
늦게 검은 우산 쓰고
동네 어른거리는 사람 하나 없다

사흘 찬 비바람 불고
아무 소리 없는 밤중에
무슨 소리 있다

생명들 땅 위에 떨어져
끝없이 우는 소리와
밤낮 밤낮
똑딱대며 가는 시계 소리와

이 소리 속에
어디선가 끝없이 땅 그늘져가는
없는 소리다

우리 집 쥐

우리 집 쥐는 밤중에
사발 간장 종지기를 자빠뜨리고
냄비뚜껑 위를 달리고
도마 위를 달리고
밤에 사람 잘 자나 문구멍으로 들여다보고

우리 집 쥐는 비니루 봉다리를 물어 나르고
양말 조각을 물어나르고
고추 자루를 구멍 내고
벽을 기어오르고 천정을 달리고
지붕 위를 달리고 지붕 위에서
사람 잘 자나 귀를 기울이고

우리 집 쥐는 어느덧 사람을 닮아
지붕 위에서 밤하늘 별을 쳐다볼 줄 알고
지는 달을 볼 줄 알고
그리고 멀리서 돌아오는 사람의
발자욱 소리를 낼 줄 알고
한숨을 쉴 줄 알고

우리 집 쥐는 사람이 하듯
숫쥐가 암쥐를 울리고
암쥐가 눈을 흘기고 자식을 낳고 그리고
서로 쳐다보고 소리 없는 웃음을 웃고
입맛을 다시고

우리 집 쥐는 사람이 대문을 나서서
헤매어 다니듯
쥐들도 굴뚝 속을 지나서 수염으로
땅을 더듬어 다니고

우리 집 쥐는 사람이 사람아 사람아 하고
부르지 않고 살 듯이
쥐들도 쥐구멍에서 쥐들아 쥐들아 하고
부르지 않고 살면서
수염이 하얗게 세고
이빨이 빠지고

하늘에 있는 별세상

하늘에 있는 별세상 그들의 고향에도
사이사이 숲이 있고 들이 있을까

별들에게도 평생을 가고 싶어도 못 가는
까마득히 먼 시골이 있고
흰 구름 떠도는 산 아래
파란 불꽃 피는 초원이 있을까
거기 은돌 빛나는 작은 개울가에
풀 피고 풀 시드는 들도 있을까

별들이 사는 하늘에도 오두막이 있고
떡방앗간이 있고 저녁 들판 돌담 근처에
풀벌레도 울고 있을까

사람 사는 세상에도
잊혀져 있는 사람이 있듯
하늘에도 늙고 힘없는 별이 있어
까마득히 먼 곳에 소외되어 혼자 살아가는 별도 있을까

별들에게도 별세상이 싫어
숲속에 혼자 숨어 사는 별이 있고
하느님의 꾸중을 듣고 울고 있는 별도 있을까

하늘에 있는 별세상 그들의 고향에도
끝내 사그라지는 별을 두고
그리워도 별들 눈치 때문에 가슴만 서로
태우는 별도 있을까

지금 저 여기 있다 말 못 하고
혼자 자꾸만 자꾸만 빛나는 별이 있을까

무덤

왜 말이 없나
죽었으니까

죽었다고 말을 못 하나
죽어도 살려고 했으나 죽었으니
말 못 하겠다

말도 못 하는 것이 땅에서
왜 동그랗게 튀어나왔나
억새는 왜 뒤집어썼나

죽은 것이 어떻게 아나
너나 알지

그럼 왜 여기 있나
다른 데 가지 왜 골짝에
모두 모여 있나

할 말 있거든 말해라

할 말 있거든 말해라

시골

적막하더니
밤에 봄눈이 와 산머리에
희게 덮였다

이른 아침을 먹고
나는 작은 방 곡식 자루에 기대어
다시 잠을 잤다

무쇠 솥뚜껑 열리는 소리가 나고
흰 김이 창호지 문을 가리더니
문틈 사이로 뜨거운 소여물 냄새가 흘러 들어왔다

갈수록 등허리가 뜨뜻해져서
나는 잠시 코를 골았다

아침인데도
마을 닭은 울지 않고
빈 들녘 끝 공동묘지 근처에서
까마귀 우는 소리가 들렸다

고인돌

여기 돌 밑에 사람 있다
말 안 하고
만년을 지냈다

나의 수저 푸른 녹슬어
다 썩어도
아무 말 안 했다

보라 그 옛부터 허공을
오고가는 빛과 어둠을

지워진 무게 이긴
오늘의 목숨들을

내 다시 만년을 지나가도
여기 돌 밑에 사람 있다
말 안 한다

1990 보리 곡식 걷을 때의 슬픔

밤 드는 것

대문을 열자
아내는 이미 다 내린 어둠 속에
서 있었다

어디 갔다 왔어예

뭣 하러 묻나
종일 타향 강가에 앉아
해지는 것 보고 왔다

혼자 갔다 왔어예

그래 혼자서
백로 앉은 나락밭에
흰 구름 가는 것 보고 왔다

경운기 소리 끝난 들 끝
먼 솔숲 속에 불 켜이는 것 보고 왔다

그리고 나는 속으로 자꾸 말했다
흰 모래 언덕에 밤 드는 것 보고 왔다
아무도 없는 흰 모래 언덕에
밤 드는 것 보고 왔다

부적

사람으로 태어나도다
부적하도다

언덕 위에 집을 짓다
부적하도다

아내를 맞아
자식을 낳았도다
부적하도다

세월을 보내도다
부적하도다

부적하도다
부적하고 부적하도다

내가 땅에 살기
부적하도다

기러기

한 만 년쯤 살다 보니
줄지어 가게 되었네

말하는 소리
우는 소리도 서로 같게 되었네

그 어디메 강이 있고
산 너머 어디메 갈대 우거진 호수 있는지
앞서가는 기러기 따라가면 되는 줄도
알게 되었네

기러기 날아가네
기러기 데리고
기러기 날아가네

한 만 년 산 땅 아닌가
이 강산에 울며 가네

진아

진아, 할매 어디 있지
산에 있지

산에서 뭣하지
잔다

아카시아 꽃피는 오월
잠들고 싶은 한낮
풀밭에 누워 생각하니
흙 속에 묻힌다는 것은
흙과 함께 하늘에 묻힌다는 것이 아니냐

엎드려 흙냄새를 맡으며
내 딸에게 하듯
내 혼자에게 다시 고쳐 물어본다

진아, 할매 어디 있지
하늘에 있지

하늘에서 뭣하지
잔다

허천

큰 산 밑에 이사 오니
봄비 오는 소리 외롭다

파종한 꽃씨 산그늘에 가려
잘 싹트지 않고
감나무잎 늦게 핀다

길 나서고 돌아올 때마다
집마다 막혀있는 적막한 대문들
낯선 곳에서 늙으려니 늙은 사람만 보인다

해 일찍 져 자리에 일찍 드는
새로 이사 온 집

고압선 너머 산 뒤에는
내가 보지 못한 허천이 있어
한밤 내 넘어오는 솔바람 소리
한밤 내내 넘어오는 솔바람 소리

식충

식충아

밤 꿈에 누군가 부르는 소리 있어
사방을 둘러봐도 아무도 없다

그러나 나는 안다
어머니가 아니고는 아무도 날 그렇게 불러줄 사람이
없다는 것을

누운 채 하늘을 향해
나는 농부나 날품 파는 일꾼처럼 대답한다
"먹어야 살지요"
그리고 말한다
"나만 식충입니까
세상에 산 것은 모두 식충입니다"
내 혼자 다시 생각해 봐도 정말 그렇다

식충아

지천명에 부르는 소리 있어
사방을 둘러봐도 아무도 없다
그러나 나는 안다
어머니가 아니고는 아무도 날 그렇게 불러줄 사람이
없다는 것을

1992 주인 없는 산

저 참새

하느님, 저 참새 보세요
대문 위 전신주에 혼자 앉아
비를 맞고 있습니다

집 아이가 창문을 열어도 날아가지 않고
닫아도 날아가지 않습니다
테레비를 틀어도 날아가지 않고
사람들이 그 아래를 떠들며 지나가도
고개만 갸우뚱이고 있습니다

까만 빗방울이
하늘 멀리서 내려오는 것이 보입니다
한없이 내려와 땅 하늘 다 젖고
앞 개울물 모여 흘러가는 소리 들립니다

하느님 저 참새 어디 아픈 참새인가 봅니다
아니면 이미 다 늙어 날 힘마저 없어진
참새인지도 모르겠습니다

깃이 다 젖었습니다
참새 발아래로 물방울이 자꾸
맺혀 떨어집니다

하느님 저 참새 보세요
하느님 저 참새 보세요

그믐

동지 지나고 설날 가까운 어느 날 한밤중
아내가 일어나 부시럭대더니 버선을 신었습니다

지켜보고 있던 내가 말했습니다
어디 도망이라도 가나

그러자 어둠 속에서 아내의 웃는 모습이
보이는 듯했습니다

바깥문 열리는 소리 들리고 이내 사방이
조용해져서
잠이 들려는데
갑자기 어디선가 쿵쿵대며 땅 파는 소리가
들렸습니다

놀란 나는 일어나 봉창을 열고 밖을 내다보며
목소리를 낮춰 가만히 말했습니다
사람 자는데 땅을 울게 하지 마라

그러자 땅 파는 소리 뚝 그치고
이내 사방이 조용해졌습니다

그믐이라 아내가 어디 있는지
아무리 어둠 속을 살펴보아도 아무것도
보이지 않았습니다

옛날도 옛날 내 어릴 적 음력 섣달그믐이면
어머니가 우리를 위해 정성 들이던 일이 생각나서
아내 하는 일을 모른 척하려 했지만
그러나 아무래도 밤중에 땅을 울게 한 것이
걱정이 되었습니다

혹시 옛날 우리 집 근처에 잠든 사람이 있어
그 잠을 깨웠으면 어쩌나 하는 걱정도 있었지만
잘못해서 이 그믐 한밤중에
땅속 저쪽에 있다는 문을 두드렸으면 어쩌나 하고
걱정이 되었습니다

가을

밤이 깊었으니
자러 가자

땅에 내린 비도 마르고
하늘의 구름도 조용하니
먼 산 풀벌레 우는 소리도
들리는구나

어디서 왔노
뭣 하러 왔노
저희끼리 울고 또 울어
울음바다가 되었구나

세월이 저무려 하니
자러 가자

저희끼리 밤새도록 울게 두고
우리는 자러 가자

1997 무당벌레

짚불

아가야
짚불이 어떤 불인지 너는 아직 본 적 없지

무서리 하얗게 내린 날 아침
토담 위에 참새 짹짹일 때
소죽 끓이는 부엌에서
하얀 풀 연기 오르며 타던 짚풀

차가워 가던 구들방 차츰 따뜻해지면
소 울고 닭 울고
햇빛 밝은 창호지 문에 허연 김 그늘
구름처럼 오르면
콩깍지 냄새 짚 냄새

아가야 너는 아직 본 적 없지
다 타고난 까만 짚불
부지깽이로 헤치면 다시 뜨거운 속불
발갛게 피어나다 차츰 하얗게 재가 되어
사그라지는 불

뒤뜰 감나무에 앉은 까치가
깍깍 울면
너 온다고 기다리던 외할아버지댁
작은 초가집

하루해가 슬며시 다 가고
산골 저녁이 조용해지면
다시 집마다 연기 나고
토담 넘어 골목길로
하얗게 내리던 연기

아가야
소죽 끓이는 부엌 앞에 맨발로
앉아계시던 외할아버지
짚불 사그라지듯
언제 세상 떠나셨는지 너는 모르지

아가야
짚불이 어떤 불인지 너는 모르지

겨울밤

검둥이 방울 한 번 흔드니
겨울밤 더욱 조용해지고

쩔레쩔레 검둥이
다시 방울 한 번 흔드니
겨울밤 다시 간다

사노라 잊고
떠나버렸던 옛 적막
한밤중
뜰앞 가득히 모여
문틈으로 밀고 들어

내 우주로 세간살이 다 싣고
아무도 모르게
숨죽이고 배 뜨는데

쩔레쩔레 검둥이
다시 방울 한 번 흔들어
할 수 없이 나는 내리고
다시 빈 배 혼자 떠난다

여름

장인어른
돌아가신 지 한 달 뒤에도
덜 죽은 거 묻었다고
울먹이던 장모님 울음

요사이 시골 먼 풀밭에서
모깃소리같이 들린다

새 떼

새들이 무얼 먹고 사는지
쐐기 덤불 지나 개울 건너
따라가 본다

새들이 눈 남은 덤불 속에서
무슨 말을 하는지
인동덩굴 속에서 마삭덩굴 속에서
무슨 말을 하는지

내가 가면 가는 새
그림자같이 스며가는 작은 새 떼
따라가 본다

해 밝은 한낮 숲속에
솔새 솔방울 쪼는 소리
갈잎 바스락대는 소리

하루 종일 새는 새 떼 속에 숨어
골짝을 건너가고
나는 새 떼 따라가다 사람을 만나고
다시 개울 건너가다 사람을 만난다

겨울 한나절
남은 세월 뭐하며 살까
걱정도 잊고
하루 종일 새 떼 따라가 본다

바람 소리 추운 날

바람 소리 추운 날
낮잠 자고 나와보니

파아란 무우밭에
햇빛 한 자락 남아있구나

해진 뒤에 누가 온다고
어두워지는 산을 바라보고
서 있으랴

사방을 둘러봐도
아무도 없다

내린 낙엽 어지러이
하늘에 뜨고

숲속에 새소리
요란한 날

이상한 세상

바람 소리 추운 날

성묘

소주 한잔하시고
새우깡 드십시오

가을 지나 산천이 빈한하니
쓸쓸하시겠습니다

늦게 두시고 너무 사랑하여
자식이 세상 물정을 몰라
산에 오면서 쟁반과
술잔을 잊고 왔습니다

술은 뚜껑이 딴 채로 있고
새우깡 봉지는 뜯어져 있습니다

아버지
등 넘어 어머님 계시는 곳에
가보셨는지요

올 때마다 오래도록 주무시고
또 주무시고
저 쓸쓸합니다

산에 사람 살 곳 못 된다는 것이
쓸쓸합니다

아버지
산 해 기웁니다
그늘 듭니다
이제 저 갑니다

소주 한 잔 더 하시고
또 주무십시오

가을

장모님마저 떠나고 없는
시골 빈집 앞에서

어린 처남 내외에게
잘 있거라 또 오께 인사하다가
문득 해울음 우는 아내

가자, 동네 사람 본다
나도 눈물 감추고
아내를 데리고 돌아서는데
어디서 한 줄기 흙바람 일어
마을 앞 정자나무 우수수 낙엽이 져 내린다

한여름이면 집 앞 정자나무 그늘 속에
앉아 계시던 장인 장모님
이제 안 보이지만

어디서인지
어서 가게 어서 가게하고 말하는 소리
들리는 것 같다

방천길

부부간에도 할 말 있으면
집에서는 못하고
개울가에 나와서 이야기하고

오다가다 만난 사람들
앉아서 하는 이야기
멀리서는 잘 들려도
잘 들으려면 무슨 소린지
잘 안 들리는 방천길

해 질 무렵 헤어지는 사람들
손 흔들고 돌아보고
다시 돌아봐도 가는 모습 다 보이는
쇠뜨기 푸른 풀 바람에
하얀 냉이꽃 흔들리는 방천길

한밤중 집에 누워서도
사람 이야기하는 소리 잘 들리더니

서리 내리고 찬바람 불자
아무 소리 안 들린다

텅 빈 개울 바닥에
미루나무잎
시들어 굴러가는 소리뿐이다

2000 헌다리

인생

'인생은 살 것이 아니라 꿈꿀 것이다'
감명 깊은 이 말을 공책에 적어놓고

오늘 우연히
'인생은 꿈꿀 것이 아니라 살 것이다'
이렇게 해보니 더욱 감명 깊다

하기야 서쪽으로 가서
서쪽 끝에 닿으면
동쪽이듯이

인생도 동쪽으로 가서
동쪽 끝에 닿으면
서쪽이 아닌가

보리밭

한겨울 앞 뒷산에 눈 쌓이고
개울 얼음 허옇게 덮여도
산골짝 보리밭 따뜻했네

하늘에서 바람 타고 내려온 햇살에
보리잎 떨었지만
보리밭 가에 있는 바윗돌 따뜻했네

나는 그때 어렸지만
보리밭에 엎드려 울고 싶었네
세상에 이렇게 편안한 곳에
내 쉴 집 있었으면 좋겠다고

나는 어렸을 적부터 친구가 없었네
아무도 없는 보리밭에 혼자 있으면
무명 홑옷 사이로 바람들어 추웠지만
푸른 하늘에 종달새 소리 들리는 듯하였네

마침내 봄이 와 앞산에 눈 녹고

민들레꽃 노랗게 필 무렵이면
내 잠든 밤사이에 봄비가 내려
산골짝은 푸른 보리로 가득 찼었네
나는 가슴까지 자란 보리밭 속에서
세상이 적막해서 울고 싶었네

아카시아꽃이 지고
논두렁에 뱀딸기가 익을 무렵이면
어느덧 보리 곡식도 누렇게 다 익어
산골짝은 탈곡기 소리, 사람 소리, 개소리
검불 타는 연기 속에 까치 짓는 소리도 들렸네

나는 늦게사 마음에 둘 고향
어디에고 없는 줄 알았지만
할 수만 있다면
보리 연기 가득한 들녘에 살고 싶었네
모두 옛 예기지만
지금도 방문턱 햇살 밝은 겨울이면
옛 보리밭 생각나네

여승

잿빛 보릿짚 모자 아래
둥그스름한 얼굴
귀밑엔 고운 여린 풀빛 머리

맑고 붉은 입술
아이같이 발그스레한 뺨에 있는
까만 까막딱지 몇 개

흰 고무신 신고
절 뜰에 내려서 있는 여인

나는 적막한 산속에서
세상에는 없는 여인의 아름다움을
몰래 훔쳐보았다

그리고 산중에서
나는 또 보았다

산속 여승의 적막한
흙 얼굴을

꽃고무신

버스 정류장에 떨어져 있는
아기 꽃고무신 한 짝

한나절이 지나도
아무도 주워가지 않네

큰 발 작은 발 큰 발 작은 발
하루 종일 붐비는 시골 장터

벌써 갔을까
엄마 등에 업혀 버스 타고 산 넘어
소 우는 산골 마을

벌써 갔을까
배 타고 강 건너
물새 우는 강마을

가을

비키세요
내 그림자 지나갑니다

나는 지금 골목길 담 밑을 지나고
하얀 교회의 벽 위를 지나
귀뚜라미 우는 풀밭 위를 가고 있습니다

날이 이렇게 밝으니
하늘에 구름은 더 하얗고
강물은 더 푸르고
개울의 자갈들도 서로 눈 떠서
마주 보고 있습니다

얼마 만입니까
내 그림자와 함께
이렇게 혼자 즐겁게 걷는 것은

나에게는 태초부터

길 없는 슬픔과
집 없는 슬픔이 있습니다

그러나 슬픔에 더할 슬픔은 없고
세상 미움에 더할 미움도 없습니다
내 자리 위에 자리 만들어도
자리 남습니다

가을입니다
마을에는 감나무잎 노랗고
들에는 은행나무잎 노랗습니다

이제 마을을 지나서
개울을 건너고
산으로 놀러 갑니다

오늘 햇볕 참 따뜻합니다
세상 참 평화롭습니다

2월

저녁 먹고 밖에 나와
왼발 한 발 옆으로 가니
허공이라

서녘 저녁별 공중에
밝구나

어디 층계가 있어
저 청정에 이르랴

귀향길 끊어졌으니
모두가 옛일이다

저 허공 저 멀리에
사람 쉬어가도
좋은 집 있을까

바라봐도 천지는 비고 떠나서

별빛뿐이다

새해

낯설다

새벽 골목길 낯설고
까치 소리 낯설다

한평생 곁에 자던 사람
얼굴 낯설고
불쌍한 자식
얼굴 낯설다

새해에도
마을 길 왜 저리 구불구불하고
하늘 저리 비었는가

한번 밝은 세상은
안 어두워지고
왜 자꾸 밝은가

마을 닭 우는 소리
소 우는 소리 낯설다

어디 있는가
안개여
해마다 나를 지운 안개여

봄

겨울비 내리는 날
산비탈에서 주운
까만 아카시아 씨앗 다섯 개

윗주머니에 넣어두고
잊었더니

햇살 밝은 베란다
빨랫줄 위에서
파란 새싹 돋아나와 나를 바라보네

하늘소

집 지어 줄게
내캉 살래

내 손등에 앉아 있는
졸참나무하늘소 한 마리

우기 다가오느라 날 흐리고
풀밭 흔들리는 한나절
화단 가에 서서
하늘소를 들여다보고 있으니

문득 세상에 남은 것은
둘 뿐이라는
적막한 생각이 든다

집 지어 줄게
내캉 살래
아니면 너 따라가서 풀집 속에

네캉 살까

누우런 보리밭 너머
청산 멀리서 누가 부르는 소리
바람 소리
뻐꾸기 우는 소리

까치

까치 눈 검어서
잘 안 보인다

내 없는 줄 알고
뜰 앞 건너 방문까지 와
먹이를 쪼아먹고 있는 까치

나는 흘깃 보았다
털방우리 속에서
잠깐 열렸다 닫히는
작은 카메라 렌즈 같은 것

그리고 조선 창호지
하얀 가림막 같은 문이
다시 닫히는 것을

검은 까치 눈 닫힌 후
나는 또 보았다

이중섭의 담배 은박지
그 음화 속에서 흘러가는
하얀 은하를

적막

내 어릴 적 앞 고향 산천의
무서운 적막

늙으니 나의 평화로운
적막이 되었구나

다 버리고 돌아와 살아도
늘 타향 같은 서러운 적막

늙으니 그것도 나의 평화로운
적막이 되었구나

할머니

어디 갑니꺼

아무데나

팔십 할머니 작대기 짚고
아파트를 돌아다니신다

길에 나가시거든 촌사람 파는
감홍시 사 잡수십시오
네 개 천원입디더

어데 그런 데
헐한 곳이 있노

네 개 주거든 한 개 더
달라고 하십시오
안 주거든
떼를 쓰십시오

할머니
나를 보고 하얀 틀니 내어
웃으신다

한 바퀴 도시고
내 가까이 오시고
한 바퀴 도시고
내 가까이 와서 나를 쳐다보신다

아무도 세상 얘기
안 해주는가 보다
아무것도 모르는 나한테서
세상 얘기 듣고 싶으신가 보다

잠

늙어서 잠이 안 올 때는
뜰 아래 귀뚜라미가 잘 우나
담 밑에 귀뚜라미가 잘 우나
귀 기울여 듣고 있으면 잠이 오고

와 보니 나 늙었다고
오던 잠 깨어 도망가면
손들어 밤 구름 밀어내고
하늘 밝혀놓으면 잠이 오고

2010 오목눈이 고향

옛길

새 길이 나자
늘 다니는 길이 버려졌다

산모퉁이 후미진 곳에
버려진 길

농부들이 나락을 널어 말리고
깻단도 세워 두었다

새 길을 지날 때마다
바라보이는 옛길

참으로 한가하게 보여
나 거기서 한나절을
쉬었다 가고 싶다

눈물

어느 날 길을 가다가
수족관 속에서
물고기가 흘리는 눈물을 보았다

다 흘리지 못하고
눈 안에 가득 남아있는
눈물도 보았다

구름

나는 그때 있었다
옥양목 흰 강보에 싸여
엄마 품속에 안겨 자던 시절이

그때 옥양목에 먹인
흰 쌀풀 냄새
나는 아직도 기억하고 있다

마당이었던가
강보에 싸인 채 내가 처음 눈 떠 본 것은
하늘이었다

눈이 부셔 가까스로 본 하늘은
멀리 푸르렀다

훨씬 후에야 나는 하늘이 있어
구름이 흘러간다는 것을 알 수 있었다

사람들 모두 한곳으로 몰려갔지만
나는 사람 따라 안 가고
구름 따라 갔다

지금도 가고 있다

오늘 아침은

오늘 아침은
산 넘어오는 햇빛 앞에서
겸손해야지

날 밝아도
아무 말 안 해야지

아침 일찍 일어나 마당 쓸고
대문 열어두고
부엌문도 열어 두어야지

그리고 우리 집 감나무 아래
서 있어야지

오늘 아침은
생명이 어찌 겸손할 수 있는지
다시 한번 생각해 봐야지

하루해 왔다 가도
아무 말 안 해야지
지는 그늘 잘 지나게 비켜서 있어야지

그리하여 하루가 다 가고
하늘이 잘 때 나도 자야지

세상이 잘 때 아무 말 안 하고
같이 자야지

섬

내 소원이 무엇인지 아나
소원이 생각날 리 없는 바닷가라 아내는 나를
쳐다보고 물었다, 뭔데

내가 바다를 바라보며 말했다 사람 안 사는
저런 섬 하나는 사는 것이다

그러자 아내는 말이 없고
물결 소리만 들려왔다
그러나 나는 아내가 하고 싶은 말을 알고 있었다
"해도 너무 한다,
× 같은 시를 쓴다고 한평생 고생만 시키고"

전에도 아내와 둘이 산속에서
내가 사람 안 사는 큰 산 하나를 사고 싶다고 했다가
혼이 난 적이 있어 나는 말없이 바다만 바라보았다
아아 바다 그 곁에 가면 자꾸 바라보이는 작은 섬

언젠가 내가 아내 보고 내 나중 산에 가서
중이 되어 살고 싶다고 했더니
아내는 자기도 머리 깎고 중이 되고 아이들도
머리 깎고 중이 되어 같이 살면 된다고 하기에
내심 못마땅하기도 하고 고맙기도 하여 웃은 적이 있지만

바닷가에 오면 나도 모르게 그만 작은 섬 하나를
사서 혼자 살고 싶어 가슴이 설레는 것이다

아아 바다 어디에 주인이 있어 내가 섬을 살 것인가
아내와 둘이서 말없이 바라보는 해 지나가는 바다는
흰 물결 아래 검었다

오목눈이 고향

낮에는 먹이 찾으러 모두 가버려
비어 있다가
저녁이면 돌아와 불 켜 놓은 집

별들은 오묵눈이 새들의
집인지 모른다

지지지지 마른 덤불 속에
떼 지어 몰려다니다
몰려가 버리면 산골짝에 남는 적막

밤새도록 잠 안 자고 얘기하다가
불 켜 놓은 채 잠들어버린
별들은 오목눈이 새들의 오막살이

아니 아니 그게 아니고
은하 서쪽으로 흘러가던 아주 먼 옛날
오목눈이 할아버지가 집 지어놓고 기다리는

별들은 오묵눈이 새들의
고향인지 모른다

바위

산길 잘못 들어
길 없는 골짝 끝에 이르니
커다란 바위 하나가 이마에 주름짓고
앉아 있다

나는 바위의 만년 잠을 깨운 것 같아
미안한 마음이 들어 용서받고 싶었는데
바위가 말했다
나도 길 잘못 들어 이렇게 혼자 산 위에 앉아 있다

산에는 길이 없다
길 내어 가버린 뒤에는 아무 소식이 없다
산에는 무릎 꿇을 데가 없다
그러니 절하지 마라 기도하지 마라

그 후 나는 산에 가면
할 일이 없어졌다

몇 년이 지난 어느 날
폭우 쏟아지는 여름 캄캄한 밤
나는 먼 산에서 외마디 비명소리를 들었다

그 후로 나는 산에 가지 않았다
조심조심
조심조심 발걸음 소리를 낮추고
산 밑으로만 돌아다녔다

별

하늘의 별이 돌이라면
누가 믿겠느냐

보라 저녁이다
서쪽 하늘에 떠 있는 돌들
찬란히 빛난다

내 가까이 있었으면
빛 안 날 것을

저리 멀리 떨어져 가서
빛나는구나

별

내 인생 어디서부터
어두워졌을까

자다가 문득 별이 보고 싶어
밖에 나와 하늘을 바라본다

도깨비

사람 덜 된 것
사람 되고 싶어도 못 된 것

아무리 얘기해도 가지 않고
사람 주위에 서성이는 것

도깨비라고 하는 것
말똥 냄새도 나고
소똥 냄새도 나는 것

한밤중
더운 밤 김 속에 어른거리는 것
아무도 안 볼 때
놋수저 들었다 놓는 것

외양간 황소를 놀라게 하고
말 뒷발 헛발질하게 하는 것

우리 집 부엌에도 있고
천정에도 있고 우물 속에도 있는 것

정월 대보름 풍장 칠 때
짚신 발에도 밟히는 것

언젠가는 정처 없이 떠나야 하지만
사람 있어 떠나지 못하고
사람과 같이 사는 것

아아 이제야 나는 알았다
그것들을 사랑하지 않고는
사람을 사랑할 수 없다는 것을

2011 꿈도 꾸지 마라

장마

흙담이 젖고
솔갑단이 젖고
뒤안 송판 굴뚝이 젖고

밤새도록
개밥 빈 그릇에 떨어지는
낙숫물 소리

돌

무겁다
내가 생각한 것보다
내가 무거워
나는 오도 가도 못한다

나는 세월보다 무겁고
나를 세상에 버린 슬픔보다 무겁다

내가 언제 어디서 무거워졌는지
아무리 생각해도
알 수가 없다

무겁다
내 속에 빛이 없어 무겁고
내가 사는 땅이 어두워 무겁다

구름이 어두워 무겁고
하늘이 말이 없어 무겁다

이 고해에 얼마나 파묻히면
누워 허공으로 날 수 있을까

장날

시골은 오일장이지만

생명이 어찌

장날 아닌 날 있으랴

부처님

한번 만져보고 싶다
무릎 아래 내려와 있는 부처님 손을

그의 손안에 남아있는 적막에
잠들어 보고 싶다

물어보고 싶다
뒤안 흙벽에 황소를 끌고 가던 동자는
세월이 가도 왜 안 가고 거기 있는지
뻐꾸기 울음소리 그친 뒤뜰의 풀은
언제 다 시드는지

나는 절하는데
부처님은 먼지 앉은 닷집 지붕 아래
실명한 채
내 등 뒤 먼 산을 보고 있다

들어보고 싶다
부처님의 커다란 귀 곁에 서서
세상 소리를 듣고 싶다

무엇 때문에 저리 소란스러운지
물어보고 싶다

시집살이

스물넷에
팔 형제 막내에게 시집와서
지금까지 잔치가 끝이 없다고 하며
할머니가 화안하게 웃었다

뼈 부러져 누운 영감
문병 오는 사람에게
침대 자리 한쪽을 내어준 나에게
미안하다고 하며

이제 곧 백 명쯤 문병 올 것이라고 하며
또 화안하게 웃었다

연인산

가평 연인산 아래에 있는
작은 예수교회에 아내를 들여보내고

있을 곳이 없어 빈 외딴집
지붕 아래 앉았으니
추운 뒤뜰에 낙엽 구르는 소리 크다

햇빛 가득한 골짜기
산꼭대기 잡목 위에 잠든 안개구름

한나절이 지나도록
산새 소리뿐인 운동장에
장애인 하나 신발 끄는 소리 적막하다

2013 눈물선

없다

내가 너를 살려줄 수가 없다

불 커니 베개에 붙어있는
깨알만 한
예쁜 벌레 한 마리

방충망이 있고
겹 창문인데
어떻게 하늘을 날아 내 집까지 왔는지
망설이다 손가락으로 문지르니 없어졌다

캄캄한 밤
하늘이 내게 말했다
내가 너를 살려줄 수가 없다

눈

눈 오는 날 땅속에 묻힌 사람은
무엇을 하고 있을까

나뭇가지 사이로 내리는
눈 소리를 듣고 있을까
아니면 눈 오는 것도 모르고 자고 있을까

눈 오는 날 눈 속에 묻힌 사람은
무엇을 하고 있을까
아무 생각 없이
눈과 함께 묻혀가고 있을까
아니면 흰 잠옷 입고 흰 두건 쓰고
자고 있을까

내 사는 산골짝에
눈은 내리고 또 내려
이제는 산이 안 보인다

귀향

집 떠나서
사흘 만에 돌아오니

빈집에
새소리만 가득하다

주인 없어
아무도 오지 않는
산골짝 외딴집

사방이 하늘이고
바람이구나

저녁 들자
새소리 그치고

낙엽 몰려다니는 우물가에
빈 두레박만
덜컹거린다

똥바가지

아이 다섯 낳을 때까지
채소 반티 이고
배가 풍선 같더니

십 년 당뇨병에 파킨슨병으로
배가 쭈그러진
똥바가지가 되었다

작대기 짚고
허리 꾸구리고 걸을 때마다
출렁이는 배

나는 똥 퍼는 똥바가지가
어떤 것인지
비로소 알았다

낯선 음성

어느 날 저녁답
입원한 아내에게서
전화가 왔다

아아 세상에서
이보다 낯선
음성이 어디 있을까

걷기 싫다

나는 걷기 싫었다

엄마가 일어나 걸으라고 할 때부터
나는 누워있고 싶었다

어느 날 내가 걷는다고 부모들이 손뼉을 칠 때
나는 웬일인지 걷는 것이 서글펐다

세상에서 걷는 것이 어떤 것인지
걸어본 사람은 알 것이다

그 후 두 발로 걸어 다니면서
나는 굼벵이처럼 굴러가고 싶었다
지네같이 엎드려 기어가고 싶었다

나는 지금도 사람들이 왜 두 발로 걷는지
알 수가 없다

뒤뚱거리는 오리처럼
갈대숲에 숨어있다가 때가 되면
하늘로 날아가고 싶다

가다가 가다가 날아가다가
하늘이 잘 보이는 언덕에
혼자 누워있고 싶다

중

어느 날 저녁답 밥 먹고 난 뒤
누워서 아내가 말했다

여자 중과 남자 중은 어떻게 다르나

나는 갑자기 말문이 막혀
한참 있다가 할 수 없이 말했다

여자 중은 수염이 없고
남자 중도 수염이 없고 머리카락도 없다

내가 성이 나서 다시 말했다
둘 다 수염 없다

나는 아내가 왜 엉뚱하게
중 이야기를 하는지 생각해 보니
결혼한 지 얼마 안 되어 내가
중이 되고 싶다고 해서

그런 것은 아닌지 걱정이 되었다

그래서 할 수 없이 다시 아내에게 말했다
남자 중과 여자 중이 어떻게 다른지
산에 가보면 안다

눈

아픈 아내 옆에 뉘어놓고
창밖에 눈 내리는 것을 바라본다

눈은 내리고 날이 샜건만
산은 점점 어두워
골짝이 안 보인다

나는 죽음이 하나도 겁 안 나는데
저녁답이면 아내는 운다

아내는 머리 한쪽이
자꾸 빈단다

지금은 없어진 그 골짝에
오늘처럼 눈이나 날렸으면 좋으련만

2015 하늘과 허수아비

개울

피곤해서 못 간다고 했더니
같이 간단다

같이 가면 정든다고 했더니
숨죽여 웃는다

버드나무 거꾸로 서 있는
마을을 지나고
구름 넘어가는 산 아래를 지나간단다

벙어리 집에서 태어난
벙어리지만
길 가다 슬플 때는 노래한단다

새처럼 지저귀고
외진 길에 서로 만나면
소리 내어 운단다

낮은 곳으로 낮은 곳으로 가다가
떨어지기도 한단다

기다리지 말고
같이 가잖다

따라오란다

단추

뒷주머니 단추가 떨어져
아내의 단추 쌈지를 열어보니

한평생 모아둔
정성이 있었구나

아내는 어디다 버렸을까
입고 있던 내 헌 옷들

홍엽

담 밖이
이리 적막할 줄이야

뒷문으로 나와
바라보는
만산의 홍엽

올해도 아름다움은
말이 없구나

말

말은 얼굴이 길어서 슬프고
코가 길어서 슬프고
눈이 길어서 슬프다

말은 귀가 길어서 슬프고
다리가 길어서 슬프고
배가 길어서 슬프다

말은 걸을 때보다
달릴 때 더 슬프고
짐 지우는 것이 슬프고
사람이 타서 슬프다

말은 누워 있어도 슬프고
앉아 있어도 슬프고
서 있어도 슬프다

나는 오늘 종일 슬프다
세상에 끌려 나온
말 같이 슬프다

망초 꽃밭

나의 여름은 가평 산골짝
천주교회 화단에 핀
제비꽃 민들레꽃을 구경하고
유월이면 꽃보다 고운
청단풍 분홍꽃씨를 구경하는 것이다

그리고 잣나무 향기가 나는 골짝에
귀 기울이며
뻐꾸기 우는소리 듣고 있다가
교회 뒤 폐가가 있는 빈 밭
흰 망초 꽃밭에 서 있는 것이다

나의 여름은 가평 산골짝
바람 구름 할 일 없이 지나가고
남겨둔 빈 하늘 아래
아내를 기다리며 텅 빈 운동장에
서 있다가

조심스레 햇빛을 밟고
다시 흰 망초 꽃밭 속에
서 있는 것이다

무덤

날개를 달아주고 싶은데
모두들 너무 곤히 자
달아줄 수가 없구나

세상살이가
그리 고단하던가
불러도 아무도 대답하는 자가
없구나

아무리 기다려도
데리러 오는 자가 없구나

언덕 넘어가면 될 텐데
안 넘어가고
모두 자는구나

집 쪽을

오늘 오후는
조금 더 멀리 간다

아픈 아내를 잠시
요양사에게 맡기고

버들강아지 움트는
개울을 따라 내려간다

개울은 갈수록 넓어지고
가슴속 슬픔도 넓어진다

언젠가 한 번은 꼭 가보고 싶은
슬픔의 끝

오늘은 조금 더 멀리
어제보다 조금 더 멀리 가서
돌아보니 집이 안 보인다

아아 바다
슬픔의 끝이 안 보인다

먼 길

저승에 가려거든
한잠 자고 가거라

거기는 까치 소리 없고
바람 소리 없고
사람 소리 없다

현주야

저승은 먼 길이니
가려거든
한잠 자고 가거라

착한 딸

오늘 나는
버스 속에서 할머니에게
자리를 양보해 주는 아주머니를 보고

나는 나도 모르게
하느님같이 속으로
자꾸 말했다

착하다 딸아
착하다 딸아

2018 떠리미

산

내 없이도
혼자 있겠나

돌아보며
다시 묻는다

내 없이도
혼자 있겠나

겨울

찬 바람 부는
공동묘지

길가
외딴집

얼어 죽는다고
돼지가
밤새도록 울었다

아버지

아버지 묘소에
담배 한 개비
불붙여 얹어놓고
말없이 서 있던 엄마

그때는 내가 어려서
아버지 초가집에
저녁연기가
오르는 것 같았다

개구리

나는 개구리가 우는 것을
보았다

젖은 물갈퀴 발로
큰 눈을 닦고 또 닦았다

나는 울어도 소용없는
일이 있다고
말하려고 해도 할 수가 없었다

개구리들은
개구리밥 수풀 속에 숨어
밤새도록 울고 또 울었다

봄

겨울이 가고
봄이 오니
산천초목이 말한다
꿈꿀 줄 아느냐

여름이 가고
가을이 가고
낙엽이 지며 말한다
꿈 없이도 살 줄 아느냐

하늘

하늘로 올라가면
하늘이 없어져
끝이 없는 것처럼

나도 나중 흙 속에 누워
끝이 없어진다

하나는 올라가고
하나는 내려가지만

허공이라
허공 건너면 허공이라
같다

끝이 없다

건널목

길 건너지 않고
기다리면 만날지 모른다

길 건널목에 서 있을 때마다
생각나는 사람들

오늘도 건널목에 서서
누군가 건너가고 없는
길 건너 먼 하늘을 바라본다

엄마

엄마 하면
엄마 등에 업혀 잠들었던
따뜻한 엄마 등 생각난다

엄마 하면 비 오는 날
내 그 등에 업혀 잠들어 듣던
우산에 내리던 빗소리 생각난다

그때

우리가 원시 부족일 때는
하늘엔 별도 많았다

모닥불 꺼지고 나면
사방 산 위엔 별천지였다

그땐 은하가 지금보다
훨씬 잘 흐르고
자세히 보지 않아도
오작교에서 견우직녀가 만나는 것이
다 보였다

우리는 그때 맨발이었다
해도 달도 별도 벌거벗고 살았다
살아있는 것이 부끄럽지 않았다

그 후 몇만 년이 지나자
하늘은 어두워지고

사람들은 하늘이 저희 것이라
서로 싸웠다

누가 먼 옛 하늘을 기억하랴
저 하늘이 별빛만으로도
밝았다는 것을

울고불고

헤어질 때
울고불고하던 것

저승에서 만나면
또 울고불고

뻐꾸기

잠자는 아내 앞에
화안하게 불 켜놓고 앉았으니
새벽 뻐꾸기는
참으로 처량히도 우는구나

언제 깨려는가
창밖 민둥산에
풀만 무성하구나

하늘

하늘은 하늘이 푸르러지기까지
얼마나 오래 기다렸을까

하늘은 그 푸름이 밝아져
하늘 멀리 보이기까지
또 얼마나 오래 기다렸을까

우주는 깜깜하다는데
별은 소리 없이 반짝인다

세상 떠난 것은
모두들 저 우주 어느 골짝에
잠자고 있는 것일까
불러도 대답 없는 것일까

해는 서산 넘어 가는 줄 알고 가고
밤은 어두워지는 줄 알고
어두워지는 것일까

나 저 하늘 그 너머 하늘을
얼마나 마주 보고 서 있어야
하는 것일까

해 같이 달같이 별같이
나중 허공에 가서
말없이 있어야 하는 것일까

저녁 무렵

아내는 저녁 무렵이면
잠시 눈을 떠 세상을 살피고
다시 눈을 감는다

내 보았나
물어도 대답이 없다

아내는 남은 세상이
모두 멀리서 온
손님 같은가 보다

눈뜰 때 눈 맞추려
애써도 늘 헛일이다

아내 보고 너무 자지 마라
해도 대답이 없다

다행히

오늘 저녁 아내의

숨소리 고르다

2021 헛간

말 없는 산

산 뒤에 산이 있다는 것은
슬픈 일이다

이승이 끝나면
저승이듯

산 뒤에 산이 있고
그 산 넘어 다시 산이 있다는 것은
슬픈 일이다

가도 슬프고
와도 슬픈 산길

나는 오늘도
그 길을 갔다 왔다
산속에 자고 있는
아내를 보고 왔다

말 없는 산 넘어
말 없는 산이 있다는 것은
슬픈 일이다

봄

밤사이
산에는 눈이 오고

우리 집 마당에는
비가 왔다

커튼을 걷고 내다본다
하얗게 눈 내린 산

바람

아내 죽고 나니
산에 바람 부네

나무들 고개 숙여 울다가
다시 고개 숙여 우네

아아 바람
산에 부네
종일 부네

해울음

산골짝 외딴집에
살 때

살아 있다는 생각에
기가 막혀 울었다

내가 우니 마누라도 울고
아이들도 따라 울었다

산골짝 외딴집에
식구 다섯이 해울음 울었다

한낮이었다

내 하늘

공원에 혼자 앉아
바라보던 내 하늘

나뭇잎 사이로 보이는
끝이 없는 푸른 하늘 내 하늘

아내 아파 누웠을 때도
보면 행복한 내 하늘
세상 시름 잊고 바라보던 내 하늘

아내 가고 나니
내 하늘 낯설어졌다

아무리 내 하늘 보려 해도
어디 갔는지 내 하늘 없다
보이지 않는다

2023 석남사 도토리

어

내 보이나
어
내 보이나
어
아내 곁에 앉아 다시 묻는다
내 보이나
어
내 보이나
어

별

옛날 짐승들의 고향은 지구였단다
어느 날 사람들이 와서 돌로 도끼를 만들어
짐승을 사냥했단다

짐승들은 모두 놀라 하늘로 도망갔단다
몇십 년이 지나자
이제는 괜찮겠지하고 지구로 내려오니
이번에는 사람들이 활을 만들어 잡으려 했단다
짐승들은 다시 하늘로 도망갔단다

하늘로 올라간 짐승들은
몇백 년이 지나자 이제는
괜찮겠지하고 지구로 내려왔단다
그러나 이번에는 사람들이 총을 만들어
짐승을 잡으려 했단다

하늘로 올라간 짐승들은 언제 내 살던 고향으로
갈까하고 아직도 지구를 내려다보고 있단다
눈을 반짝이며 내려다보고 있단다

우포늪

우포늪에 두 번 가보았으나
낙동강이 어디 있는지
알 수가 없었다

흘러가다 잊어버린
고향 같은 것

낙동강이 언제 두고 갔는지
알 수가 없었다

가시연꽃
개구리가 살고 있는 우포늪

우포늪 둘레 길을 가보았으나
산 넘어 낙동강이 어디 있는지
알 수가 없었다

시의 본질

1) 시의 본질은 적막이다

2) 절망 적막이 없으면 시는 존재하지 않는다

3) 시는 그 적막을 넘어가는 적막이다

4) 시의 본질은 적막강산이다

비

빗속에 가는
산골짝 첫 버스에는 아무도 없다

버스 안에
불빛만 화안하다

휴교 중인
초등학교 운동장 앞을 지나고

기다리는 사람 없는
정류장을 지나간다

어디로
실어 날랐는가

해가 갈수록 적막해지는
산골짝 빗속에 젖어있는 집들

산골짝 첫 버스는
어두운 산속에서 나와

다시 비 내리는 어두운 산골짝
빗속으로 사라진다

섬

물이 없으면 섬이 없다는 것을 나는 세상 살다가 알았다
나는 어릴 적 배가 물 위에 뜨는 것이 이상했다
사람이 배를 타고 오고 가는 것이 신기했다
나는 물속에 있는 땅과 물 위에 있는 땅이 다른 줄 알았다
나는 내가 물 위에서 숨 쉬며 살고 있는데 물속에 사는 것
은 어떻게 물속에서 숨 안 쉬고 살고 있는지 그것이 궁금
했다
 나는 늦게야 알았다 물 위에서 사는 것은 물속에 못 살고
물속에 사는 것은 물 위에서는 살 수 없다는 것을, 누가 그
렇게 했는지 알 수가 없었다
 나는 물 위에 살면서 물속에는 섬이 없다는 것을 알았다
 그리고 물 위에도 세월이 흘러가고 물 속에서도 세월이
흘러간다는 것을 알고 세상이 허무했다
 나는 세상 어디에도 숨어 있을 곳이 없다는 것을 알았다
 물속에서 흘린 눈물은 물 때문에 안 보이고 물 밖에서 흘
린 눈물은 바람 때문에 안 보인다는 것을
 나는 어릴 때 물고기들이 잡혀 나와 허덕이다 죽는 것을
보고 내가 물 위에 사는 것이 고마웠다 그러나 나는 아직

모른다
 내가 왜 물 위에 살고 있는지
 나는 아직 모른다 물속에 잠겨 있는 것은 섬이 아니고
왜 물 위에 남아 있는 것이 섬이 되는지 그리고 왜 섬이
배처럼 떠다니면 안 되는지

바다

안심이 됐다

바닷가에 서 있으니
바다가 세상 땅끝에 닿아 있어
안심이 됐다

누군가
데려온 바다

세상 어디에고
안 가본 곳이 없는 바다

그 끝에서
울고 있는 바다

백록담

제주도에 두 번 갔으나
한라산은 오르지 못했다

제주도에 간 김에
백록담을 한번 보고 싶었으나

백록담에 먼저 갔다 온 친구가
백록담에 소똥이 있다고 해서

한라산 밑에서
한라산만 보고 왔다

2024 초가삼간 오막살이

대청마루

쥐구멍에도
볕 드는 날 있다고 해서
시 쓰며 살았는데

신문에 난 오늘의 운세를 보니
마루 밑에도 볕 드는 날 있다고 해서
웃었다

어릴 적 나는
아버지와 볕 잘 드는 커다란
기와집에 살았다

아버지가 죽자
오래된 대청마루 밑바닥이
이따금 빠졌다

행각승

나는 날 때부터
행각승이 되고 싶었다
세상에 온 것이 싫었기 때문이다

나는 나기 전부터
내가 어디로 가는지 알고 있었다
떠나온 곳으로 돌아가도
아무도 없다는 것을 알고
할 수 없이 가던 길을 계속 갔다

나는 갈 곳이 없어도 가는
행각승이 되고 싶었다
사는 것이 싫으니 아무것도 먹고 싶지 않았다

나는 다 늙어서야 시인이 되었지만
시인이 싫었다

나는 어릴 적부터 시인보다

되고 싶은 것이 있었다

아무도 안 볼 때 구름처럼

혼자 산을 넘어가는 행각승이 되고 싶었다

폭포

폭포는 폭포 뒤에 높은 산이 있고
그 산꼭대기까지 가는 먼 길이 있고
그 먼 길 끝에 하늘이 있어야 한다

아직까지 아무도 모르는
그 길 끝 적막 속에 살던 길잃은 것들이
헤매다 모여 떨어지는 것이 폭포다
서로 모르는 것들이 모였으니 소리가 크다
싸우는 소리 우는 소리 신음 소리도 들린다

나와 아내는 가뭄이 심한 어느 여름날
변산반도 절 옆에 있다는 폭포를 보러 갔는데
오줌 줄기 같은 물소리조차도 없고
뜨거운 햇볕이 달궈놓은 빈 절벽만 있었다

나는 우리나라 어디에 가면 나이아가라 같은
폭포가 있을까 지리산 뱀사골에 갔을 때
물줄기를 따라 산을 올라갔으나

물소리가 점점 작아지더니 끝내
아무 소리도 들리지 않았다

나는 TV에서 폭포를 볼 때마다
잠자다 깨어 몰려나온 것 같아 놀란다
사람처럼 살려고 아우성치는 소리 같아 무섭다

낭떠러지 위에서 떨어지는 것이 폭포다
폭포는 위에서 보면 아무것도 아니고
떨어져 흘러가는 것을 보면 더더욱 아무것도 아니다
우는 것 같던 소리도 다 헛소리로 들린다

나는 먼 길을 걸어 온 것들이 떨어져
말없이 흘러가는 폭포를 보면 슬프다
어디로 가는지 모르겠다

새 한 마리

잊히지 않는다
나 초등학교 들어가기 전
저녁 무렵 지금은 없어진
옛 대구농고 커다란 전봇대 나무
매타쉐콰이어에
어디서 날아와 잠들어 버리던
비둘기만 한 새 한 마리

한평생 잊히지 않는다
앉자마자 솔방울같이 잠들어 버리던
새 한 마리

방문

나는 아직도 궁금하다
한지가 어떻게
방문이 되는지

어릴 적 나는
엄마가 마실 가고 없는 날
울지 않고

햇빛 환한 방문 앞에
엎드려
낮잠을 잤다

사람

모르겠다
사람을 보면
왜 눈물이 나려고 하는지
모르겠다

모르겠다
사람을 보면
왜 눈물이 나려고 하는지

모르겠다
사람을 보면 왜 눈물이 나는지
왜 자꾸 눈물이 나는지 모르겠다

길

멀어도
가면 갈 길이 있지만
안 가면
없는 것이 길이다

서쪽 길

길 가다
돌아보는 길

아무도 없어
쓸쓸하다

새 떼 모여 우는
풀숲에 앉아

해 저무는
서쪽을 바라본다

누가
오려나

기다려도 아무도
오지 않는 길

서쪽 길

산불

산불이 난 강원도 강릉시 저동
한 주민의 집이 불에 탄 뒤
축사에 남아 있던 소 두 마리를
구출했다고 했다 나는 TV에서
얼굴이 그을은 소 두 마리를 보았다

나는 걱정이 되었다
불탄 그 집 축사 천정에 살던
거미나 썩은 짚 속에 살던 귀뚜라미나
뙤아리 벌레는 어떻게 되었는지
걱정이 되었다

나는 강원도에 산불이 날 때마다
사람들이 산에 살면서 산신님에게
제사를 지내지 않았다고 생각했다

산불 난 소식을 들을 때마다
산속에 무엇이 없어졌는지
가보고 싶었다

12월 말에

12월 말의 눈은
안 내리고 산으로 올라간다

제가끔 가는 길이 따로 있는지
산속으로 가는 것도 있고
가다가 돌아오는 것도 있다

모두 얼굴이 하얗게 얼어
아무 말도 못 한다

피곤한 모습으로
자려고 마른풀 위를 떠도는 눈

12월 말 어둠 속에 내리는 눈은
집 안에 나 있는 것 보고
내게 오려고
창문 앞으로 몰려든다

겨울

불 켜놓고
잔다

길고
긴 겨울

이제
불 켜놓고
눈뜨고도 잔다

길고
긴 겨울

낙엽

인적없는 송산1교
시멘트 다리 아래로 지나가니
누군가 자꾸 따라와 돌아보니
낙엽 하나 소리 내며 굴러온다

가지마라 가지마라
부르며 따라와
어디론지 가버린다

어떻게 할까
그만 돌아갈까 망설이며
내다보는 밝은 세상
참 쓸쓸하기도 하다

집에 와서도 자꾸 들린다
가지마라 가지마라 부르며
따라오던 낙엽 구르는 소리

쐐기풀

모르겠다
쐐기풀이 왜 전봇대를
타고 올라가는지

지난해 마른 풀줄기
아직 남아 있는데
왜 자꾸 타고 올라가는지

길 지나다 쳐다보고 있으니
쐐기풀이 말한다
세상에서 쓸모없다 하는 것이 싫어
도망갈 곳이 전봇대뿐이라네
그래 자꾸 올라간다네
거기가 세상 끝인 줄 알면서도
자꾸 올라간다네

벙거지 노인

벙거지 쓴 노인
오늘도 만났다

전립선암이 있어
시계를 보며 하루에 2만 걸음을
걷는다는 노인
나는 그 노인의 말을 듣고
산 넘어 하늘을 바라보았다

사람 안 보이는 산굽이에서
소변을 본다는 노인
오늘은 나 보고 어디까지 갔다
오느냐고 물어
바람 따라 한 3만리 갔다
온다고 했다

그리고 한동안 안 보였는데
오늘은 멀리서 나를 보고

반갑다고 손을 흔든다
그리고 하는 말이
길 가다 예쁜 처녀가 있으면
한번 안아봐야 하겠다고 하며
웃으며 갔다

그 후 그 노인 보지 못했다
벙거지 쓴 노인

그늘

물도 그늘이 있다

산속 풀 속에 숨어 있다가
떠내려가 강 아래 있다가
바다로 내려가 잠들어 있다

거기 가면 들을 수 있다
철썩이며 부르는 노래
그늘의 노래를

해 뜨면 나무 그늘 풀 그늘
산 그늘 바위 그늘 집 그늘
그 사이로 내 그늘이 지나간다

해 질 무렵이면 보인다 그늘의 집
누가 살다 간 빈집이 보인다

거기 가면 들을 수 있다 깊은 물 속 같이

아무도 부르지 못한 노래
아무도 들을 수 없는 그늘의 노래

누군가 두고 간 노래
흘러간 노래

풀꽃

들녘에서 꺾어온
풀꽃을 병에 꽂아 두었더니
창가에 있는 화분이
별 쓸모 없이 보였다

아아, 잠시지만 병에 꽂힌 꽃을 보며
나는 뿌리 없는 생명의
아름다움에 감사했다

사흘 후 다시
들녘에서 풀꽃을 꺾어와
병에 꽂아두고 보았다

아아, 나는 다시 한번
그 뿌리 없는 생명의 아름다움에
감사했다

바다

바닷가에 가면 있다
혼자 웅얼대는 바다

갈 길 못 간 것들 모여
성내어 우는 바다

언젠가는 들을 건너고
지붕을 넘고
산을 넘어갈 바다

바닷가에 가면 걱정이 된다
바닷가에 사는 사람들
바닷바람에 늙어가는 사람들

지붕 위에 건어물
흔들리는 집들

바닷가에 가면 있다

나 여기 있다

떠나라고

사람들 다 잠든 한밤중에도

웅얼대는 바다

해

아무것도 없는데
머 구경합니꺼

해 구경 했심더
해가 지나가다
내 보고 갔심더

해가 자꾸 못 보게 해서
다 못 보았는데
틀림없이 내 보고 갔심더

지금 해가 하늘
어디쯤에서 쉬다 가는지 찾아보니
공동묘지 앞 미루나무 꼭대기
빈 까치 집 위에 있심더
거기서 오도 가도 안 하고 있심더

그래 해가 뭐라고 합디꺼

아무 소리 안 합디더

내가 어디 가냐고
물어볼라 했는데
산 넘어가고 없었심더

돌

돌은 땅속에도 있다
그냥 두었으면 평생을
땅속에 있었을 돌
밭두렁에 모아 버려진 돌을 보면
슬프다

나는 돌이 돌다리가 되고 석축이 되고
탑이 되고 부처가 된 것을 보면
돌이 돌 같지 않아 슬프다

땅속에 있다 밖에 나온 돌
비 오면 눈물 흘리는 돌

우리가 세상에 살면서
누가 세상에 사는지 모르는 것처럼
돌도 누가 땅에 사는지 모르는 것 같다

나는 땅 위에 나와

벙어리가 된 돌을 보면 슬프다
날이 밝아도 어디 가지 않고 있는 돌
말할 수 있어도 말 안 하는 돌을 보면
가슴이 아프다

죄

죄 없이는
생명도 없는 것이다

천상

나는 태어나면서부터
알았다

천상에는
흙이 없다는 것을

문 닫힌 집

나와 봐라
나와 봐라
손님 왔다 나와 봐라

산골짝 외딴집
문 열고 내다보던 아내

나와 봐라
나와 봐라
손님 왔다 나와 봐라

불러도 대답 없는 집
산골짝에 문 닫힌 집
지금은 없어진 집

구름

잘도 가네요
우리도 따라갈까요

저승

나는 죽음을 걱정하지 않는다
가야 할 저승이 없기 때문이다

가야 할 저승이 없으니 저승사자가 없고
저승사자가 없으니 염라대왕도 없고

염라대왕이 없으니
하나님이 없고 하나님이 없으니
천사나 선녀도 없고
귀신이나 마귀 같은 것도 없는 것이다

나는 한평생 세상 떠나면
어디 갈까 걱정했는데
드디어 저승이 없다는 것을 알았다

참으로 오랜 세월이 지난 후에야 알았다
세상 끝나는 날 없어지면 된다는 것을
세상 생명은 저승이 없다는 것을

이승에서 없어진 것은
저승에도 없다는 것을

강

모르겠다
모이면 왜 흘러가는지

모르겠다
모이면 왜 흘러가는지

안경

안경을 쓰면
눈이 안 보인다

안경을 벗으면
안경만 보인다

저승을 보려면
안경을 써야 하지만

저승에 가려면
안경을 벗어야 한다

처음 가는 길이니
걱정할 것 없다

오늘 저승 가는 길이 보여
안경을 쓰니

저승이
안 보인다

멀기도 하다
고향 가는 길이 멀기도 하다

구름

여행 갔다가
보고 왔다

구름만
보고 왔다

돌아오며 뒤돌아보고
다시 보았다

산 넘어 가는 구름

오늘

오늘 일진이
서쪽으로 가지 말라고 해서
무슨 일 있는가 서쪽으로 가보니
거기 아무 일 없다고 해가 진다

우주에 남은 하루가
헛간 같다

그리운 집이여

———

2024년 9월 25일 초판1쇄 발행

지은이 이문길 **펴낸이** 김성민 **기획위원** 장옥관 **편집디자인** 김경자

펴낸곳 도서출판 브로콜리숲 **출판등록** 제2020-000004호

주소 41743 대구광역시 서구 북비산로 65길 36, 2층 **전화** 010-2505-6996 **팩스** 053-581-6997

홈페이지 www.broccoliwood.com **인스타그램** broccoliwood_ **전자우편** gwangin@hanmail.net